果子紅了

林秀穗／文　廖健宏／圖

一個晴朗的午後，
樹上結滿了紅紅的果子。

果子上飛來一隻肚子空空的果蠅。
「肚子好餓，這紅紅的果子
看起來很好吃！」

哎呀!

背後好像有八隻眼睛盯著我!

是誰?
是誰在盯著我?

果蠅背後出現了一隻小蜘蛛。

「多美味的小果蠅啊！」

哎呀！

我好像聽到有翅膀振動的聲音。

是誰**停**在樹葉上？

蜻蜓飛到樹葉上。

「葉子上的小蜘蛛真可口！」

哎呀！

我好像看見兩把舞動的鐮刀！

是誰 躲 在樹葉下？

樹葉下，一隻螳螂探出頭來。

「啊哈，這裡有一隻香噴噴的小蜻蜓！」

蜥蜴開心的爬上樹。

「上面的小螳螂剛好可以填飽我的肚子！」

哎呀！

草怎麼動起來了？

是誰從草叢裡跳出來？

牛蛙跳出了草叢。

「蜥蜴正好可以讓我飽餐一頓。」

石縫裡，蛇沙沙的爬出來。
「沒有比牛蛙更美味的食物了！」

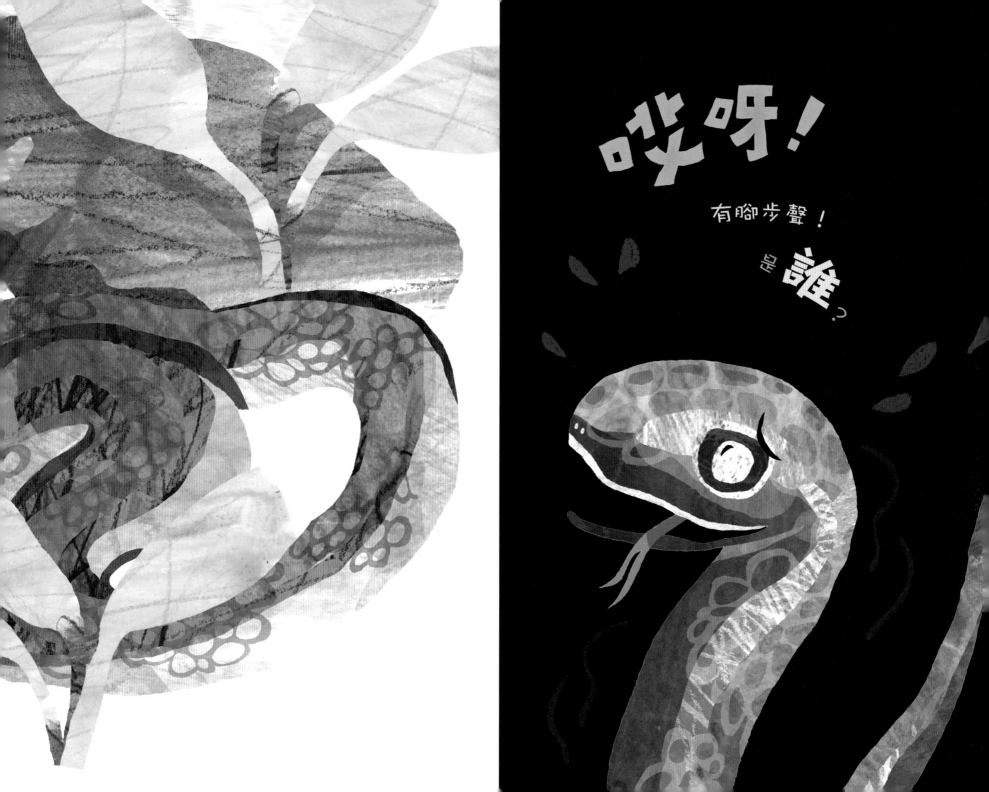

哎呀！

有腳步聲！

是誰？

黃鼠狼慢慢靠近了蛇。

「我正需要一條蛇來補充營養！」

黃鼠狼的不遠處，來了一隻已經餓了三天的狐狸。

「太棒了！黃鼠狼或許是不錯的選擇！」

哎呀！

有個可怕的味道飄過來！

是**誰**？

一隻狼吐著舌頭，緊盯著眼前的小狐狸。

「這隻小狐狸又香又甜，真不賴！」

哎呀！

大大的影子蓋下來。

是誰？

狼背後的老虎露出尖銳的爪子，準備往前撲。

「前面的狼看起來真好吃，我要一口吃掉牠！」

哎呀！

樹下好像藏著長長的……

該不會 是……

獵人悄悄舉起了槍。

「老虎皮毛光光亮亮，實在太美了！」

一陣風輕輕吹來，

熟透的果子往下落……

一個晴朗的午後，

樹上結滿了紅紅的果子⋯⋯

終於，果子紅了

文／林秀穗、廖健宏

我們常說創作像修行，只能調整自己的心，不能操之過急，必須順其自然的前進，直到瓜熟後離枝落地。在創作《果子紅了》這本圖畫書時，特別能體悟這樣的感覺，因為真正開始動手創作這本書是在 2009 年，從靈感到動手創作的時間並沒太久，但在整本圖畫書完成的時候，卻始終有種不夠好的感覺，尤其是黑色的頁面，每個出場的角色內心戲的部分，於是這本書被放了下來，這一放經過了整整八年的時間，直到 2017 年，感覺自己具備處理這個部分的能力了，終於，果子紅了，這本圖畫書終於可以和大家見面了。

如果拿起書，從封面慢慢細讀，或許大家會發現，《果子紅了》有別於我們近期的作品，以用色趨於大膽、色彩濃豔且接近飽和的方式創作，關於這點，我們和一些朋友聊過這個話題，居住在不同地方的創作者，會深受自己所生活的地域影響，我們居住在北迴歸線以南的地區，四季陽光充足，很自然就深受陽光下明亮且豐富的色彩影響，這樣的影響在畫面中呈現，或許是另一種和大家分享熱情陽光的方式吧！

另外，這個故事是由一顆熟透了的石榴開始說起，展開了一段關於食物鏈的有趣故事，如果爸爸媽媽陪著孩子們一起閱讀，不妨可以一起玩玩，透過黑色底頁的部分，所出現的角色內心透露的訊息，猜猜看，下一頁，可能會出現什麼角色？從形體上、從動作上、從聲音上、從氣味上、從感覺上……轉動一下想像力，來個小小推理。

最後，很開心《果子紅了》終於要出版了，而今年也剛好是我們創作滿二十週年，二十個年頭裡，學習很多（目前仍在持續學習中），快樂很多（遇到很多提攜的人），感謝很多（尤其是幕後永遠忙碌的編輯們），有了大家，每本書才能夠順利的出版，送到大小讀者們的手中，希望大家會喜歡這本書。

林秀穗（cookie Lin） **廖健宏**（Chien-Hung Liao）

圖畫書創作夫妻檔，喜愛圖畫書、漫畫、電影和散步，擁有多樣共同興趣，在文字與圖像創作上各自發展，兩人也合作多本得獎作品，曾獲陳國政兒童文學獎、信誼幼兒文學獎圖畫書類首獎、信誼圖畫書獎佳作、波隆那兒童書展，東方小美人台灣館推薦 36 位原創童漫繪者之一、豐子愷兒童圖畫書獎評委推薦獎、第 38 屆金鼎獎等，著有《九色鹿》（步步出版）、《小丑、兔子、魔術師》、《癩蝦蟆與變色龍》、《進城》、《稻草人》、《神探狗汪汪》、《死神與男孩系列》、《飛天小魔女系列》、《謎霧島系列》等書。

果子紅了

文／林秀穗　圖／廖健宏　美術設計／林佳慧　編輯總監／高明美　總編輯／陳佳聖　副總編輯／周彥彤
行銷經理／何聖理　印務經理／黃禮賢　社長／郭重興　發行人暨出版總監／曾大福　出版／步步出版 Pace Books
發行／遠足文化事業股份有限公司　地址／231 新北市新店區民權路 108-2 號 9 樓　電話／02-2218-1417
傳真／02-8667-1891　Email／service@bookrep.com.tw　客服專線／0800-221-029
法律顧問／華洋國際專利商標事務所 蘇文生律師　印刷／凱林彩印股份有限公司
初版／2018 年 12 月　定價／350 元　書號／1BTI1019　**ISBN** 978-986-96778-4-4